詩集

しがらみの街

柴田康弘

しがらみの街 ＊ もくじ

しがらみの街

カバー写真　吉村哲也

※

清明節へ

野のあたたかな鼓動が
清明節へと響き渡るとき
朝霧のような義務は消えるだろう

ひばりの声が

原っぱの葉のざわめきに反射して
春のきらめきを伝えている

感受された
とおい国の季節の中を
つらぬく道が見える

清明節へ
みどり色の酒旗がはためき
堪えることの彼方に
流れる雲よ

つよいまなざしのような根を
大地に浅くはりめぐらし
玲瓏たる雨に打たれて透き通っていく草々よ

一枚の青葉の葉脈と照応する
鳥の群れ
そのとび色の羽毛と照応する
春の空の音楽

その霞のすべてが

清明節へ

鳥の声

ふと、鳥の声を想う
すると、丘陵の向こうからその囀《さえず》りが聞えてくる

桜のトンネルを抜けながら
ぼくは確かにその鳥の声をきいた

四月

冷たさのきわみから
たちのぼってきた過敏ないのち

あふれるもの
冬空の底を流れ
暁の雲の切れ目から降りそそぐ春のひかりよ

ことばの水底にいたきみたちと
響き合ういま

発語する朝焼け

差異を渡る風はそのままに
三月の枯れ木ばかりの
林のざわめきよ

風が一枚いちまい
春へと
波うちはじめ

そして
駆けていくた　ま　し　い

何が伝わったのだろう
言葉ではない
ぼくのまなざしの濁りでもない

おそらくは
早春の残響から生まれた　風を切り裂く
鳥の声だろう

鐘のひびきに

過去の土地を歩く
（友はすでに亡く・・・・・）
黒い風が
僕たちの思いをさらに近づけて
遠くへ吹き抜けていった

水中で光が交錯し
硬質な水が混ざるように
僕の生きる時間に
友の生きる時間が
流れ込んでいる

流れのなかで
結びつこうとするもの
それを解き放とうとする力

穀雨に濡れて二人
静謐な一本の竹を探し求めて歩いた

たましいは
たとえば下方へと青く渦巻く炎のような
つむじ風だろうか

なにもかもが小雨
新しい芽の力は
土の中だ

鐘のひびきに暮れていく
春

五月に

あいさつのすきまに
みどりいろの非旋律がひびき

真昼の
星々のちらばりが

受粉の季節を告げて

ひとつの影が
もう一つの影を追い越していく

空が
底なしの青さへと沈み込み
屋根の輪郭が
ますますきわだっていく

薔薇のような赤の深みで

傷の手当てをするような午後に
とおくからの呼び声にふり向くと
発語が泡立ち
広葉樹林の哄笑がひろがる

ひとつの感情にひそむ
ほんの小さな暴風雨でさえ
今日は　どこの街にも
さがしだせはしない

川面を並んで泳ぐ

遺棄されたこいのぼりのように
ぼくらは　いま
自分の行き先を忘れてしまった

穀雨

晩春の
おそらくは深い層の
緑の斜面のなかほどに
降りつづく穀雨

ときおり
樹々の間から
あふれてくるもの
いまは知ることのできない力が
青い梅の実のように
こぼれ落ちてくる

その流れを
いったんは無視しよう
きみの
やわらかなてのひらの中で

しだいにくずれていく穀雨の街を
イメージしながら・・・

雨があがると見えなくなってしまう
雨滴にかくされているその街
次々と脱ぎ棄てられていく街の衣裳
紫蘭の開花と凋落がいちどきに成就するように
ついには消えていく意志だけが
濡れた街路を通り過ぎていく

そんな遠いつながりの中に

ぼくはいる
その水脈の中で
ちちははに連なる死者たちの
吐息が聞えてくる

春のひかりの外へ

望むところにいる
てのひらが宿す
まなざしのひかり

ぼくは（きみに）

手を振る
流れる水と魚たちとともに

ラーメンの麺がのびてしまっている
かたちになるものの鬱陶しさ
まぼろしの葉うらの青さ
歪みながら翻る梅林寺の壁面

白梅のなかに崩れていく春の計画

突如、古代都市の地図の上に響き渡る

三月のトランペット

地下駐車場に見えない幾枚もの羽毛が舞立ち
わずかに水藻の動きが止まる
遠くに配置された時計や靴紐が震え始め
ぼくは光る円形の波紋から
放たれて在る

※

立夏

木々を遠くから眺めるより
その下に入ろう
樹が支えているものを感じるために

年輪の中心へ

沁みとおっていく声
葉先から落ちる一滴のしずく

人と人とをつなぐ不思議さ
霧雨に煙る森を
下っていく

季節の切り口があざやかだ
うすく血がにじむ
痛みさえ
森の空気に溶け込んでいる

渓谷にひびく
地軸の深いとどろき
木漏れ日の階調へ
またひとつ
流れていく白い五月の花びら

うたの向こうにあるもの
闇のきざはしを昇る
星座の流れ
ひかりの瀑布よ

立夏
その響きの中で
僕は帰途
アクセルを踏み込み
長い緑のトンネルをくぐった

初夏

さかまく感情の雲海
いかずちに閃《ひらめ》く
初夏

晩春の闇の中で

生まれたばかりの夏のひかり

声が季節をつかむ
そのとき
声は蝶の羽根のように
もしくは五月の森のうすあおい葉脈のように
そして、終わらない旅の始まりのように
遠慮がちにひろがり始め

炎上するすみれ色の
暁の水平線から

真っ青な竜骨の
初夏の船が出帆する

幾重にもすれちがう風
沖の波止を打ちつける
激しい飛沫

時化の彼方
垂れこめた雲の切れ目から
緑青色の青空が
腐食した仏陀の眼のように輝く

雨季の終わりに

打ちつける朝の雨
まっしろな船の
甲板に人影はなく

とおく

和太鼓のリズムは
届かない

閾を超える鬼たちへ
遠雷のように
別れを告げることができるだろうか

迸《ほとばし》る水流
うねる水泡の力に
あらがう魚たち

光彩が熱くなる
木々の輪郭がきわだち
ざわめき始める

青ざめた陶器の中で
雨季が終わろうとしているのだ

やがて熱風に隠れた
怒りのような羽搏《はばた》きが
海をわたる

夏至

夏至に向かって
にがい記憶が
水平線上に
伸びていく
そのとき風は

海風そのものなのだと思える
読むことの
ことばの向こうで波は光り
島が現れる
「在る」ことを
受け入れるまなざしによって
帆の輪郭がきわだっていく
突然の
海上の豪雨の中を飛ぶひとつの思念
もちろん鳥ではない
その思念でさえ

夏至の日の潮流には逆らえない
水中では
一枚の追想のわくら葉が
そのまま一尾の魚となって
水藻に消えていく
声がきこえる
海底のうねりに支えられて
かろうじて
前進していける
問うことは
吹き渡る風だろうか

いま
帆船が沖をかける

夏へ

澄んでいくもの
水中や
青空で

流れる夏の気配

亡くなったひとの吐息が
かすかに夜明けの雲を染めていく

不覚にも
にびいろの雨に濡れながら
坂を昇る

雨が止んだあとの
ひかりの穏やかさと
信じることのひろがりよ

立ち起こる風
かっての感情のつむじ風が
砂塵となって心を傷つけていく

ラベンダーの花束を
六月の窓辺におこう
短調の音楽がよみがえるように

ひとつの和音が
雲のかたちを決め
風の向きを変えるかもしれない

夏にかかる橋の上で
友が異国の夜汽車の窓を開けた
不意の黒煙にむせびながら

七月の眠り

眠りの水底を逃げまどう
イワシの群れ

六月の濃い緑の地滑りのように
テーブルの上で友との会話が乱れ

崩れ始める

地面をたたきつける
夕立に逆らい
天に向かって噴き上がろうとする水のいのち

青いインク瓶の底で
梅雨がうずまき

月のひかりに浸されて
読みかけの書物のうえを

未知の潮がひろがっていく

座礁した船の吃水線を横目に
ぼくたちは
深夜の高速道路を疾走し
どこまでも続くトンネルのような夏に
突入していった

地の果て

あらゆる記憶が見渡せる
薄墨の地の果て
にわか雨が
山肌をかけ降りる

散る花のみなもとへ
遡《さかのぼ》る古代の碑文

すれ違う時がきわ立ち
乱雲の一瞬の均衡に
悲しみのような予感が
うすく空の青に沁み込んでいく

うけつがれる視線もなくて
ぎこちなさの中で
苦しむ意志

うち壊された
村はずれの壁が
ぼくらの行く手を
阻むだろう

環状星雲

あほう鳥の群れが次々と
落ちていく
空のクレバスに

崩れていく積乱雲の彼方

漁師たちが仰ぎ見る
視界の陥穽《かんせい》さながらの
さかまく海上の竜巻

鋭利な失敗のように
失われた空が
黒潮の流れを鈍く狂わせて

停滞するぼくらの焦燥を
海の嵐が

ことごとく吹き散らしていった

その夜風のさなか
いま　荒海に
夏の環状星雲が渦巻いている

おおきな瞳の七月よ
まつ毛の向こうに秘められた
静かなねがいは

やがて

暁の海が迎えに来るだろう

大暑より

海辺の安穏を粉砕する雷鳴
大暑の海へ
引き返す
風や
季節からも

きみに届き
返ってくる言葉
その折り返し地点がわからない
逆流する潮の
その始点がつきとめられないように

通り雨が
砂浜をしめらせて
眠りのために
漣《さざなみ》が打ち寄せるまで

この夕ぐれを
忘れよう

眼を閉じる
ふいにその時（過去の）
刻印されるべき瞬間に立ち会っている

到達でない水平線を見つめ
時の負債を積荷された僕たちの貨物船

海峡をつらぬく

時の声がきこえる
巨大なつり橋の下に逆巻く
風波と急潮に眩暈《めまい》して・・・・・・

※

海峡にて

海峡の若潮が流れていく
秋へ

空とみどりと
この一瞬の

ひかりの青さが
地上のすべての滅びを
呼び覚まし

彼方の沖に響きわたる
和太鼓の乱打は
八月の幻聴だろう

暴風のみなもとで
秋の親和性が
うすい刃のようにひるがえる

始まりは
いつも時化《しけ》だ

九月

九月の朝
いちまいの窓の内側に立つ

澄んだ池が見える
その水草にうごめく

稚魚たち

水中の緑の層が
うすくなったり
濃くなったりする
水底に射す木洩れ日の中
遺棄された耕耘機が錆びついていく

葉ずれの音を通して
感受される
背中をつらぬいていくもの

遠い港の
海の嵐

異郷では
家々のともし火が一瞬
暗くなる
かなしみがつむじ風のように
通り過ぎて行ったのだ

九月の
不穏な雨が

降りやまない
大気を黒くしめらせ
やがて骨のない道化師のような
夜がやってくる

秋へ

在るという確信は
幻想の彼方に浮かんでいるのだろうか
意識を柔軟にして
そのまま壁の向こうへ出ていこう
秋のひかりのなかへ

雲がかがやき
僕はきみに
何かを伝えようとする
（だけど何も伝わらない）
会話の階梯《かいてい》を踏み外し
公孫樹の木漏れ日のなかで
誰にでもない挨拶を送る

冷えていくもの
記憶のむこうで
手を挙げるひとの掌だったり

丘を駆け降りる
少年のあしうらだったり
枯葉に埋もれた
祖母の墓だったりする
それらが
巻雲の彼方に消えていく

けれども、秋へ
みずからに内在する力を秘めて
海鳥が高波を越え
山の地下水が

透き通った葉脈の中を走るように
森をくだる

月光

走りぬくまなざし
受けとめるものはなく
暗夜へ

夜の底をはらい

吹きすさぶ風
しばらくは星座を慄《おのの》かせ
（辺境で叱られる子どもたち）

ぶら下がる
一個の橙《だいだい》の実に
森のざわめきが凝縮されて

地底深く
幾重もの岩相に触れながら

真っすぐに降りていく闇の冷たさ

やがて月のひかりが
地勢をすみずみまで呼びさまし
河口の葦の群生を濡らしながら
半月が
響灘へかすかに傾く

水面

時雨《しぐれ》が通り過ぎ
森がけぶり
紅葉《もみじ》の色彩がいっそう鮮やかになる

波紋が消えるように

うすれていく記憶は
水そこのわくら葉にうずもれて

伝えるべき言葉が
金木犀の香りに紛れて
思い出せない

後ずさりする自分
その差異の丘から
吹いてくる風

だれもが
一匹の山女魚を
胸の渓流に潜《ひそ》ませ

閃光が一瞬、暗闇を引き裂き
しばらくして水面《みなも》に
秋の雷鳴がとどろきわたっていく

秋の声

白くけぶる雨後の森林から
白鷺が一羽
十月の空を飛翔する

拒否すること

その風の透明さ

さかのぼる風上の
北の渓流に住む岩魚《いわな》のように
冷たさのなかに宿る命がある

滝下にほとばしる気泡
淵の深みへは
死者の内耳のように
秋の声だけしか降りてゆけない

ひかりを放つもの
季節の底に
たとえ一塊の水晶があったとしても
秋野の明るさが増すわけではない

いま
森の暗紅色へ
鳶色の目をした鳥たちが
いっせいに降下していく

森へ

川面に映える
ゆらめく樹々の間を
走り抜けていく小魚たち
光の不協和音
その彼方にある

原郷としての
森

すべての雨滴は
澄み切った秋を宿し

河口から吹く風
かすかに刻む波のリズム
それを子どもたちはじっと聴いている

いま解き放たれていく一片の雲

この日を突き抜けた
巻雲が崩れて

鋭利な水の冷たさから
突然ジャンプする
魚鱗のきらめき

空の残照へ
うすく桃色の音楽が流れ
なつかしい木々の交歓は終わった

夥しい枯葉の離脱
追想が燃え
秋にこだまする声

夜の森の
中空に消えていく
千のどんぐりよ

※

冬へ

かすかに
上空をながれる
冷たく白い気配が
夜明けの雲を支配していく

まもなく降る雪
そのきらめく軌跡が凍りはじめ
冬の雷鳴が奏でる
不穏なとどろき

到達しない旅
それが、旅の本当の姿かもしれない

ざわめく海底
オーケストラが
時代を通過していく

そして怒りは平準化されていく
野焼きのように

拒否したい気持ちのなかを
ふき抜ける吹雪

とどまることが許されないものとして
流れのなかに
やすらうこと

そして在ることを
つきくずしつつ
在らしめること

冬へ

冬の嵐

山巓からの
冬の告示

高速道路が半島に延び
太古からの海のひろがりに

遠くまで白波が立っている

梢から
冬の冷気が降りてきて
マンリョウの赤い実が熟し始める

きみの眼の高さに
張りつめる氷

吹雪が苦しみの中を吹き続け
雪崩となって

渓谷を刻んでいくのだろう

地下では
祈りのように
水脈が透きとおり

丘を駆け抜ける
半鐘の響き

冬の隧道

意識の凪が
季節を通過していく
軌跡はなく
終着もみえない

かんずることの
瞬間の重さ
他人のまなざしの中を走る
みずからの時間

枯葉を踏む音のように
低くささやくような声だけが
伝えられ

秘めた感情の中を
穏やかな乗り合いバスが通過していく

この冬の隧道《トンネル》は
どんな鄙びた港町につながっているのだろう

奪い去られていく
多くの都市や
村の終焉を
空は青さの中に
記憶するだろうか

たったひとつの星の光りと
森のしじまをつなぐもの

木々を吹き抜けていく風
しずかな木洩れ日の間を響き渡る
鳥たちの声

十二月

白い波打ち際の記憶が
いつまでも消えない

低い位置からの
鋼のブーメランが

荒い波頭をうち払うように
上昇していく
待ち受けているのは
どんな潮の抵抗だろう

秋の残響を響かせて
汽船が出航する
時雨は
今、すべての悲しみを濡らすのだ
海峡の低い山々に

石綿のような
十二月の霧がとどまっている

（さっき自宅前の路地を
郵便配達の赤いバイクが通り過ぎていった）

蠟梅《ろうばい》の花のような速達はまだ来ない

あとがき

『しがらみの街』は私の第二詩集です。

この詩集のタイトルの「しがらみ」という言葉には、二つの意味があります。

一つは「水流をせき止めるために、川の中に杭を打ち並べて、その両側から柴や竹などをからみつけたもの」であり、もう一つは、「精神的な妨げとなって、心にまとわりつき、思い切った行動を躊躇させるもの」という意味です。

考えてみると私の詩作も、時の流れにあらがう柴や竹をからみつける作業であり、一方で、重苦しくまとわりつく社会の「しがらみ」から、あらがいたい一心の行為であるとも言えます。

つまり「しらがみ」という言葉に、みずからの作品そのもの、また、あらがっていく対象そのものという両義的な意味を込めています。

この作品集はそのような「あらがい」の場所（街）からの記録です。

あらがい続けることは決して苦行などではなく、むしろ心楽しい時間なのですが、もとよりこの「あらがい」に明確な勝利はありません。

しかし、楽しくあらがい続けることこそが、私にとって、作品を書き続けることであり、生きていくことであると思えます。

この詩集の一篇でも楽しんで読んでいただければ、詩作する者として、これに過ぎる幸せはありません。

二〇二四年十一月

柴田康弘

■著者略歴

柴田 康弘（しばた・やすひろ）

1954年　兵庫県西宮市生まれ
詩誌「ブラギBragi」編集人「九州文学」同人
福岡県詩人会会員
日本詩人クラブ会員
2015年　詩集『海辺のまちの小さなカンタータ』

現住所　福岡県行橋市泉中央三丁目4番19号

詩集　しがらみの街

二〇二四年十二月二十三日発行

著　者／柴田康弘
発行者／田島安江（水の家ブックス）
発行所／株式会社 書肆侃侃房（しょしかんかんぼう）
〒八一〇－〇〇四一
福岡市中央区大名二－八－十八－五〇一
TEL 〇九二－七三五－二八〇二　FAX 〇九二－七三五－二七九二
http://www.kankanbou.com　info@kankanbou.com

装丁・DTP／BEING
印刷・製本／モリモト印刷株式会社

ISBN978-4-86385-659-2 C0092